創意寫作牌卡遊戲

在泡泡精靈的世界裡，與夥伴一起拚手速、比眼力，看誰最快找到魔法創意詞，並創作出最有趣的故事！先來看一看你需要準備哪些魔法道具吧！

魔法詞彙卡 30 張

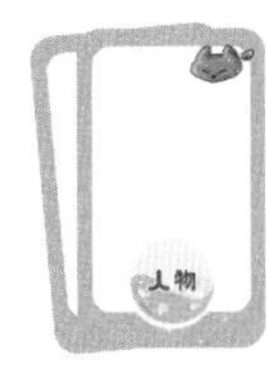

人物 X 5

可能是人類，可能是動物，他 / 牠們會在你的故事裡發生一些奇妙的事情。

感覺 X 5

用來描述角色聽起來、聞起來、看起來，或是心裡感受到的感覺。

物品 X 5

故事裡有各種物品，總有一兩樣非常特別，甚至可能影響劇情喔。

動作 X 5

用來形容角色行動或行為的詞彙，讓故事更有畫面。

時間 X 5

可能是一瞬間，也可能是很長一段時間。

地點 X 5

角色會去的地方，或是故事可能發生的地點。

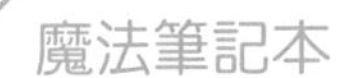

魔法筆記本

每次玩完遊戲，你都會創作出一個獨一無二的故事，你可以記錄在這本筆記本上，也可以分享給好朋友看喔。

還要自己另外準備這些……

水性白板筆

要在魔法卡片上寫字，並且能用紙巾擦掉，重複書寫。

不確定你的筆是不是水性白板筆的畫，你可以先在卡片的角落畫一點，試試看能不能擦掉。

泡泡精靈的書

這是非常重要的道具，每個人至少都要有一本，而且要仔細閱讀喔。

遊戲玩法介紹

建議人數 2-4 人（想 1 個人玩也可以）

會用到的魔法道具

魔法詞彙卡、泡泡精靈的書、 水性白板筆、寫字用的筆，可能還需要幾張白紙當草稿。

遊戲準備

❶ 先將所有的魔法卡洗牌後放在桌子中間，字面朝下堆成一疊。

❷ 推選一個人擔任翻牌者，並請每位玩家各自選擇一本泡泡精靈的書（可以選同一集，但每個人手上都要有一本，不能共用）。

開始玩囉

由翻牌者翻開一張魔法卡，所有玩家立刻拿起手中的書，隨機翻開一頁，在那一頁的故事文字裡，尋找與魔法卡相對應的詞彙。找到後立刻伸手拍牌，並大聲唸出你找到的詞彙，成功對應上的話，就可以獲得那張魔法卡。記得把你找到的詞彙寫到卡片上。

❶ 翻牌者翻出了 **時間** 魔法卡。

❷ 所有玩家翻開書，尋找跟時間相關的詞彙。

❸ 贏得魔法卡的玩家，要把自己找到的詞彙用 **水性白板筆** 寫到卡片上。

每一回合隨機翻開書之後就不可以再換頁，除非所有玩家都沒有找到適合配對的詞彙，才可以一起再次隨機翻頁，重新尋找對應詞彙，翻頁口令皆由翻牌者負責。

step 2 每一回合都重複 step 1，直到所有牌都被配對完。獲得最多張魔法卡的玩家勝利。記得再次檢查手上每張卡片是不是都寫上你找到的詞彙。

step 3 每個人根據手中的卡片，至少選擇四個不重複的詞彙當作關鍵詞，利用這些詞寫成一個小故事，想全部用也可以。如果你還不會寫故事，可以先練習用關鍵字詞造句，再把句子串聯起來。如果手中的牌不足四張，可以請其他玩家借你；如果手中的詞彙或卡片類型重複，也可以跟其他玩家交換。

step 4 好故事值得被欣賞，你們可以互相閱讀彼此的故事，也可以把故事記錄在魔法筆記本上，累積你的作品。還不確定故事要怎麼發展時，你可以先把故事寫在草稿紙上，不要怕塗塗改改，一個好故事就是需要這樣反覆的閱讀、修改，才會精采可期。

還可以這樣玩……

★自由運用兩張空白魔法卡，創造你自己的遊戲規則，一定會更好玩！

★贏得最多魔法卡的玩家可以指定其他玩家交換一部分手中的卡片，或是把手中多餘的卡片交給指定玩家當作額外的故事關鍵詞，當然也可以跟別人交換自己手中的卡片。這樣你們的故事會更有趣喔。

★大家可以一起想想手中的關鍵詞有沒有意思相同或是接近的同義詞，有時候適當替換不同的詞彙，故事就會有新的風格。

★當然你們也可以增加關鍵詞的數量，雖然看起來可能是危機，但對故事來說，有時候危機就是轉機！

★當你們盡情探索完泡泡精靈的世界，也可以用其他的書來玩，去不同的故事裡冒險，也許你會創作出意想不到的故事呢！

給大人的建議

低年級的孩子正處於識字階段，但有時學了新的詞彙，卻不會造句，又或是能夠簡單造句，卻寫不出一篇完整的作文。泡泡精靈的創意寫作牌卡遊戲非常適合幫助正在學習寫作的孩子，從字詞開始，慢慢練習寫出一篇屬於自己的小故事，底下是一些親子共玩的小技巧，能夠幫助您根據孩子程度，適當的給予協助，達到練習寫作的目的喔。

認識字詞

如果孩子不熟悉從書中找到的「魔法詞彙」，或是其中有生字，您可以帶著孩子查字典，學習字義，才能善用這個字詞。

嘗試造句

一開始可以先口頭造句，或是參考「泡泡精靈」，看書中如何使用這個詞，先依樣畫葫蘆，再漸漸造出原創的句子。

修飾句子

有時候孩子造出的句子邏輯和語意都沒有錯，卻因為缺乏修飾而顯得平淡，這時可用副詞與形容詞來豐富句意。修飾文句是一門大學問，建議大人先示範，再帶著孩子從旁邊的表格選一到兩個副詞來練習。

加入連接詞

當孩子已經能造出各種精采的句子，連接詞就派上用場了。鼓勵孩子把相關句子用連接詞適當的串在一起，就會變成一段邏輯通順的短文。當孩子能做到這一步，就已經具備寫作的能力了！

擴寫故事

一開始孩子創作的故事可能很簡短，這時大人可以利用說明書最後建議的「故事五步驟」，幫助孩子檢視故事架構，甚至可以重複其中的步驟，加入多個關鍵詞來擴寫，相信孩子的故事就能越寫越精采！

充滿魔法的連接詞與副詞

如果你覺得自己的故事讀起來不太通順，或是有點單調，可以加入一些修飾用的副詞與連接詞，讓你的故事更細膩，更有層次。

副詞

用來修飾動詞或形容詞的魔法詞彙：

表示時間	忽然	一直	立刻	已經	馬上
表示程度	很	最	非常	十分	稍微
表示範圍	總共	統統	僅僅	都	光是

連接詞

用來連接句子，還能表示句子之間關係的魔法詞彙：

表示並列	和	跟	及	又
表示選擇	或	或者	還是	與其
表示轉折	但是	不過	雖然	然而
表示因果	因為	因此	所以	由於
表示遞進	不但	而且	並	不僅
表示條件	不管	只要	除非	只有
表示假設	如果	假如	即使	就算
表示承接	又	於是	然後	便

故事五步驟示範

如果你不太確定該怎麼把腦中的想法寫成故事，可以先想一想下面這五個步驟：

故事開頭　先介紹一下你的主角是誰、或是故事發生在哪裡、什麼時間。

事件發生　你的角色會遇到某件事情，或是他身邊可能發生某種好的、壞的、特殊的情況。

問題發生　這個情況可能會讓角色遇到需要解決的問題，而這個問題通常會阻礙事件進行，或是帶來某種麻煩。

解決問題　你的角色採取某種行動，嘗試解決問題。最後解決了嗎？還是遇到新的問題？

故事結局　在適當的地方把故事收尾，可以是圓滿的、帶有遺憾的，甚至是還有可能繼續的，發揮你的創意，為故事寫下最適合的句點吧。

故事五步驟練習表

故事開頭

事件發生

問題發生

解決問題

故事結局

泡泡精靈創意寫作
牌卡遊戲

遊戲設計．特約編輯｜劉握瑜
責任編輯｜陳毓書、蔡忠琦
美編設計｜王瑋薇
行銷企劃｜翁郁涵
天下雜誌群創辦人｜殷允芃
董事長兼執行長｜何琦瑜
媒體暨產品事業群
總經理｜游玉雪
副總經理｜林彥傑
總編輯｜林欣靜
資深主編｜蔡忠琦

出版者｜親子天下股份有限公司
地址｜台北市104建國北路一段96號4樓
電話｜（02）2509-2800　傳真｜（02）2509-2462
網址｜www.parenting.com.tw
讀者服務專線｜（02）2662-0332
週一～週五：09:00~17:30
讀者服務傳真｜（02）2662-6048
客服信箱｜parenting@cw.com.tw
法律顧問｜台英國際商務法律事務所．羅明通律師
製版印刷｜中原造像股份有限公司
總經銷｜大和圖書有限公司
電話｜（02）8990-2588
出版日期｜2023年5月第一版第一次印行
視覺設計插圖取自《泡泡精靈》系列
copyright© 親子天下

• 日期 / /

• 寫作計畫

• 筆記

• 日期　　/　　/

• 寫作計畫

• 筆記

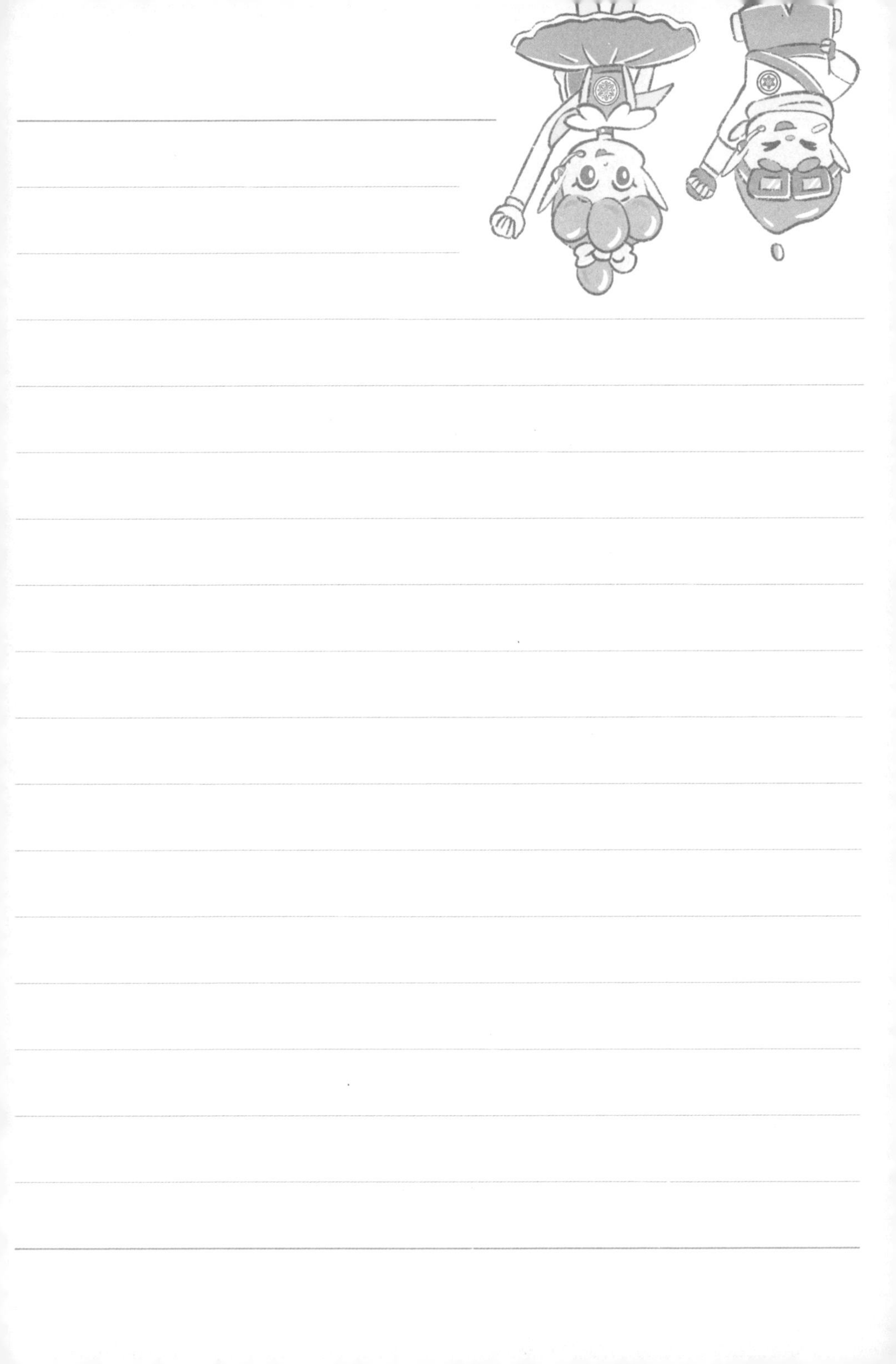

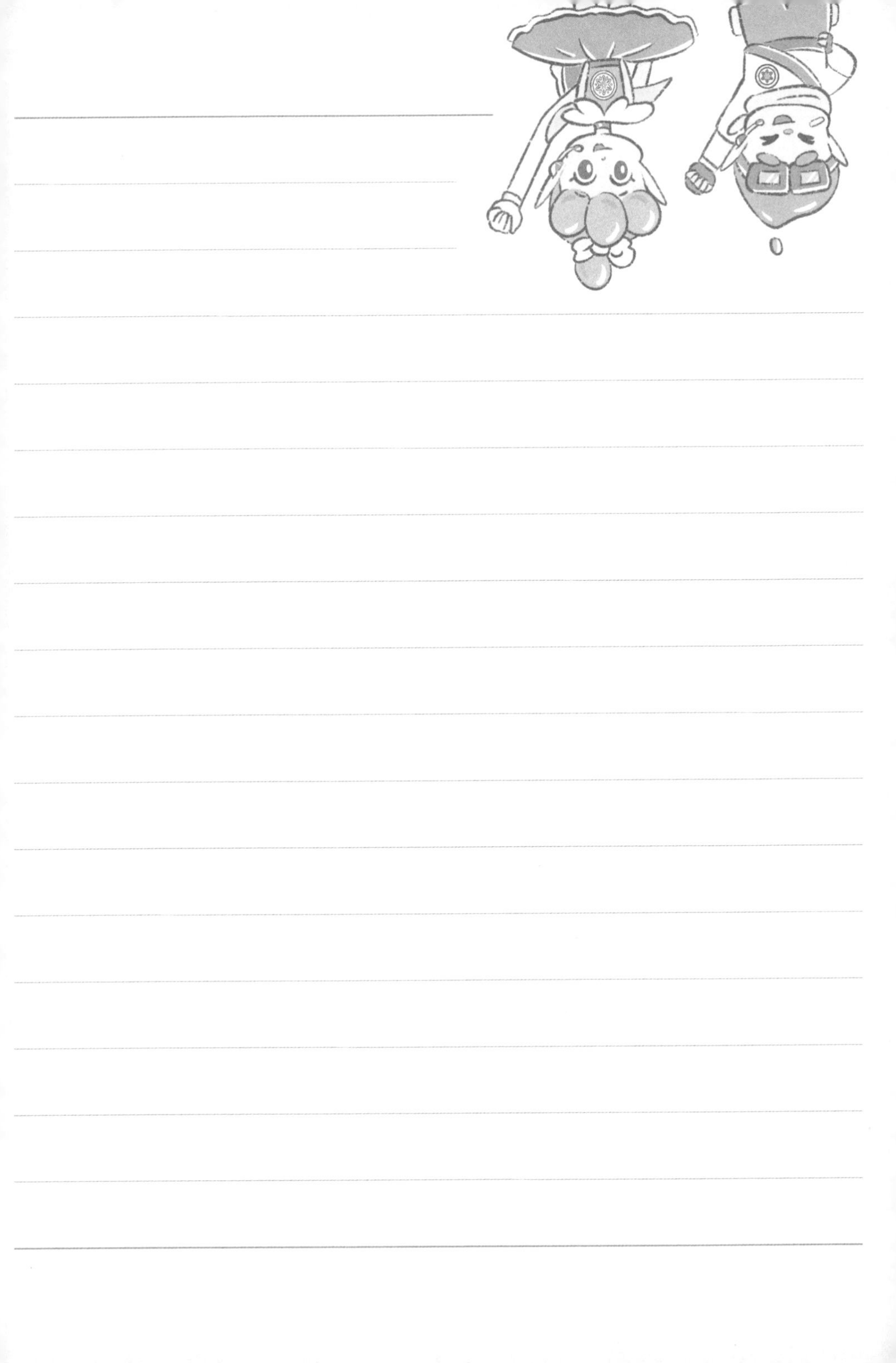

• 日期　　/　　/

• 寫作計畫

• 筆記

日期　　/　　/

寫作計畫

筆記